詩集

# 残照の消えぬ間に

福元久子
FUKUMOTO Hisako

文芸社

目次

## I 残照

## Ⅱ

### 記憶の川

## Ⅲ　命の旅人

# I 残照

# ここで暮らす

いまは杉山となった草原《そうげん》の丘
二人で登った韓国岳《からくにだけ》が見える
ここで暮らす楽しみ

縁側の椅子に腰かけ
空を観ると宇宙が見える
あなたは　ぽつりぽつりと神を語り
山々に湧き上がる雲の流れ
硫黄山の白い噴煙を眺めている

山道を登りきると　えびの高原
赤松林を渡る高原の風
トルコブルーに静もる火口湖
韓国岳山頂の展望は絶景だった
青春の残映を辿る昼下がり

横庭の草むらには胡蝶花《しゃが》の一むら
剣状の葉っぱ　うす紫の花びらに
黄色い一筋模様
雄しべ雌しべも退化した
胡蝶花が一心に咲いている

# 残照

あなたとわたしは
初めから違っていたのです
あなたは眉間を見つめ
わたしは眉を見ていました
互いに瞳を見つめていると
思いこんでいたのです

若かったあの頃　幻想の草原に
あなたは忘れな草を

わたしは野いちごを探していました
大切なことは　山椒の小粒
小さな誤り　過ちさえも道連れに
こつこつ小石を積むことでした

故郷に帰り　建てた家も古び
草深くなった庭に佇《たたず》む
年老いたあなたとわたし
山の端に残照の消えぬ間
感謝の祈りを捧げましょう
ミレーの「晩鐘」のように

# ツワブキの花

庭の落葉をはきため
刈り取った畑の草を
あっちに寄せ　こっちに寄せ
夕暮れになると
　何の役にもたゝないものを……
あなたは　きょうも首をかしげる
　いい運動になったわね……
きのうと同じ二人の会話

山里のこの地に帰り三十余年
昭和の名残の古びた家に
一株のツワブキも庭一面に広がった
四人の子供はそれぞれの地に
高く梢をのばす山桜は卒業記念樹
西空にとんでいくアオサギ一羽

山の端に夕陽きらめき
ツワブキの花が黄金に輝く
わたしは生きている
永遠の今という一瞬

# むかご

生垣の片隅に
パラパラと落ちていた
不揃いなむかごを拾い
エプロンのポケットに入れる

夕方　一握りのむかごを
お米三合に炊き込む
まびき葉の一夜漬け
豆腐とわかめとねぎの味噌汁

鯵の干物に梅干し一個
二人の夕餉《ゆうげ》はしずかに終わる

窓の外には霧島連山のシルエット
中空に聳《そび》えるメタセコイア
頭上高く明滅する灯りは
鹿児島空港に向かうそれなのか
うす雲のなかをゆっくり
星空の彼方へと消えていった

四人の子供はそれぞれ散った
むかごのように根を下ろし
大きな自然薯となれるだろうか

風に飛ばされ　陽に晒《さら》され
土に帰るむかごもある

ポケットに手を入れると
むかごが　一粒
わたしの心にポトリと落ちた

# 生かされて

東の空に初日がのぼる
八十年目の新春を迎えた
喜び悲しみ笑い怒り　命を歌う
人生とは何と不思議なものか

謎にみちた生命の始まり
遺伝子に秘められた生命の暗号
それは大いなるものの叡知と愛の証し
人は億分の一の奇跡で生まれ

人体は眠りのない化学プラント
日々　何かが生まれ　何かが失われる
誰も生命の掟に背けはしない
明日のことは何も知らず
今日という日を生きている

若き日　後にした故郷の山川
遠い道のりを帰りきて
梅の花咲く里に佇む
暮れゆけば
霧島眠る　わたしも眠る

# 忘れもの

街で出会った人が
「だあれ？」と
一瞬　けげんな顔で
「面影がない」と言った
二、三秒の後
笑顔で話しだした

あの人は捜していた
少女の面影

時の流れの中に
知らず知らず失ってきた
大切な忘れもの……

夜　鏡を見る
見慣れたわたしの顔
何も変わらない
じっと見つめると
知らないわたし
思い出せない　何かが……

# 幽《かす》かな声

病室という砦《とりで》
何本もの管《くだ》に繋がれ
横たわっていた老女

二つに折れ曲がった痩せ細った体
ピクリともしない瞼《まぶた》
入れ歯の外された口元は
ぽかーんと開いた穴
その穴から呻《うめ》きにも似た

アイタヨー　アイタヨー　と
幽かな声が漏れていた
閉じられた瞼の裏に
何が見えていたのだろう
呼びかけても　答えはしない
物静かで優しかったあの人

今も砦に幽かに漂う
匿《かくま》われし者の叫び
誰にも聞こえはしない

# 後生《ごしょう》の光

中秋明月の夜
ひとりの男がこの世を去った
　あの屈強な人が……
村人はわが耳を疑った
享年　五十九歳
老いた両親　妻　息子三人を遺し
予期せぬ病に命をおとした

トラクターの上から笑顔の挨拶

酒も飲まず　米や野菜を作り
家族と働くことが趣味だった
広い車庫には　主をなくした何台もの
大型トラクターや耕耘機が並んでいる
父親は　これが運命だった……と
己に言い聞かすように呟いた
車椅子の母親は小さくうなずく
思わず　わたしは手をとった
人々の涙と祈りが
遺された家族の生きる力
後生の光へと連なっていく

# 帰る

「百歳まで生きるわ」と
昨日　元気に笑っていた人
今朝はもういない
雲一つない晴れ渡った朝

色とりどりの花に囲まれ
柩に冷たく眠る人は
祈りと共に炉の中へ
着火ボタンが押され

一時間半の待ち時の後
一連なりの骨となった
足の骨から順に拾われ
喉仏と頭蓋骨をのせ
最後に蓋が閉じられた
壺一つに納まった一体の骨

帰りの車中は誰もが無口
想いを沈め　眼《まなこ》閉じれば
夕陽に向かって車は走る
銀河の彼方へ続くように……

# 霧島心象

天上へ続く高千穂の峰
生駒富士と呼ばれる夷守《ひなもり》岳
韓国が見えたという韓国《からくに》岳
昔話が聞こえるような甑《こしき》岳

屏風なす　霧島連山
朝な夕な　里人仰ぐ
戦争があった時代にも
山は黙して　そこに在った

吉都線　帰省する列車の窓
見えてくる霧島の山々
高鳴る鼓動　瞳を凝らす
山は泰然と　そこに在った

今　山の端に夕陽煌めく
何時の日か　その懐に抱かれ
先祖眠る　この地に還る
一握りの土となり

# 何も知らない

わたしはこの国を出たことがない
テレビに映る世界の国国を
知った気になっている
庭には名前も知らない草が生え
家の前を知らない人が通り過ぎる
裏山の川向こうから
犬の吠《な》き声がきこえてくる
直線距離で二百メートル
どんな人が住んでいるのか知らない

世界のあちこちを激震が襲う
人間の飽くなき野望と所業に
地球が身震いしたのだろうか
あの空の果て　この地の続き
平穏な日日は一夜に消えさり
瓦礫と化した我が家に佇む
余震に怯えるあまたの人人
その痛みをわたしは知らない
今日も漫然と生きている
何も知らないわたし

# ブルーポピー

梅雨明けの部屋に飾る
山男だった友から届いた
十年前の花の便り
　山に登る人の憧れの花ブルーポピー
四川省の高地で露に濡れていました
　暫しの涼しさをどうぞ!
茶色の毛ばだった茎に
うちわサボテン様《よう》の薄い葉っぱ
ふっくら丸い蕾が五、六コ

茎の先端に青い花びらが
恥じらうように咲いている

山に登れないわたしを毎年
高山《こうざん》の山道《さんどう》に誘《いざな》う
この夏の猛暑にも
底知れぬ湖の色を湛え
わたしの胸奥《きょうおう》に沈む
ヒマラヤの青いケシ

傘寿の友の便りは途絶え
吹き渡っていった一陣の風

# 烏瓜《からすうり》の花

長い　梅雨の間に
垣根の蔓草《つるくさ》は伸び続け
椿の葉を　覆い尽くし
烏瓜の木となった

七月の　早朝
細く白い五弁の花びらの
真綿のような花が咲いた
日ごとに　花数が増え続け

毎日　二、三十個の花をつけた
虫が　来ないと
あきらめかけたある日
ひらひら　ひらひら　ひらと
一匹の青い揚羽蝶が舞い降り
二、三秒ずつ　花々を愛でていった

椿の葉っぱに　そっと支えられ
花は咲き続けてきたが
晩秋の赤い実はまだ遠い
逡巡する　八月の夕暮れ

# 蔓を引き抜く

二人住まいの田舎家に
真夜中　かすかな泣き声がする
雲間の月明かりが
真昼のように四方《よも》を照らし
轡虫《くつわむし》　蛬《きりぎりす》　かまびすきなか
家の裏手から聞こえる
消え入るような泣き声

昨日の朝まで

生垣の木々を覆いつくし
白い糸くずのような花をつけていた
十数本の烏瓜の蔓を
午後の日射しの中で
汗だくの鬼婆となり
力いっぱい引き抜いた

今宵　生垣の木々は
重荷を下ろしたラクダのように
静かに　眠っている
アンテナの針金まで這い上がっていた
烏瓜の蔓や葉っぱは
吊るされた首のように

うなだれている

人の意のまゝに刈り取られる
庭の草たち
こうして　わたしは
日々　百千もの命を殺め
聴こえぬ耳で生きている
あの泣き声は
空耳だったのだろうか……

# ヒメジョオンの花束

日々の暮らしに追われていた日
生まれ変わっても一緒にと
歯の浮くようなことばなど
とてもわたしには言えなかった

流れるような人の波
ビルの谷間の東京で
あなたがいたから生きてきた

この地に帰り三十余年
ゴルフ友だちは疾うに亡くなり
今日のあなたの口ぐせは
　牛や馬にえさをやったの？
　おやじおふくろは元気かな
　小さな子供たちはどうしたの？
　ボクができることはないか　と言って
あなたがさし出すヒメジョオンの花束

今になって素直に思う
　生まれ変わっても一緒にと

# 沈　黙

何かが変わった山里の村

蛍の飛ばない初夏の闇
草むらに　なぜか毛虫も見なかった
蜩《ひぐらし》の鳴く日を待ち続けた梅雨明け
真夏になっても　蛇も蜥蜴《とかげ》も姿を見せず
夜の電灯にカナブンも飛んではこない
柿の木にツクツクボウシも鳴かない真昼
早々と姿を消した蟻の行列

赤蜻蛉も鬼ヤンマの戯れもない池の水面《みなも》
青田の上を風が吹き渡っていく

デング熱発生に人は脅え
都会の森や公園の隅々まで
容赦なく噴射される殺虫剤
閉鎖された公園の花々は
蜂や蝶々の羽音を待ち侘びる

稲穂は稔り樹木は静かに立っている
渡り鳥の群れはまだ来ない

# 赤芽ガシワ

どこから種がとんできたのか
梅雨どきの垣根に
烏瓜の蔓と競うように伸びていた
赤芽ガシワの大きな葉っぱ

垣根に残した赤芽ガシワの木は
手の平のような葉っぱを茂らせ
酷暑の夏をものともせず
晩秋になっても伸びつづけた

薬草図鑑に書かれていた
　胃腸全般によい　切らずに治す痔の薬
「緑の濃い葉をお茶にしよう」
明日《あした》は明日は摘もうと思うだけで
日ごとに葉っぱは黄色くなった
ひと葉ふた葉と　はらはら散って
裸木となった赤芽ガシワ

小さくなったわたしを
赤芽ガシワの裸木が
気の毒そうに見下ろしている

# 蟷螂《かまきり》

庭石の上で
鎌をふり上げているカマキリ
その哀しい習性ゆえ
人に嫌われる
静かに　話しかけると
細いひげの動きをとめ
ゆっくり　鎌を下ろした
ヒスイのような緑色の眼で
私の顔を見上げている

近くを通る人を振りかえり
また　私を見上げる
五、六分の間　私たちは友だちだった
私の手首に飛びのり
そろりそろりとのぼりはじめる
右肩から　背中をよこぎり左肩へ
　ブーン　と　一飛び
一気に草むらへ消えていった
二日前　小春日和の昼下がり

今朝　霧島は初雪だった

# 一輪の冬バラ

庭に咲いた
一輪の冬バラ
クリーム色から桃色へ
ときめき色の　グラデーション
頬を寄せれば　微かな薫り

朝の食卓の一輪挿へ
三時のお茶のテーブル
夕べの会話の友となり

夜のしじま　じっと見詰めると
わたしの心にしみていった

ある日
一ひらの花びらが散った
その後　散り忘れたように
俯き　色褪せていった
いく日か過ぎ
黄色くなり始めた枝の節に
緑の若葉が芽吹いていた

# 黄昏《たそがれ》

免許証の記憶は八ヶ月過ぎても
脳のどこかにこびりつき
　今日の予定は？
習慣だった言葉をくり返し
返納した運転免許を捜す夫
記憶は坂道をころげ落ち
帰省した息子娘に敬語で話す
夕暮れになると
空き家となった生家に帰ると言う

一瞬　真顔で父親の顔となり
小さな子供たちはどこへ行ったの？
次の瞬間　虚ろな眼差しで
ボクは棒のようになった　と呟く
夕闇迫る庭に佇み
おかあさん　おかあさーん！
迷い子のように妻を呼ぶ
わたしはここに居ますよ　と
夫の両手をしっかり握る
そういうわたしも　眼はしょぼしょぼ
脚はよろよろペンギン歩き

# 夕暮れ症候群

人に見えない物が見え
人に聞こえない音が聞こえる脳の誤作動
夕食後　御馳走になり早々だが失礼しよう
子供が待っているから　という
　子供は　おじさんおばさんになり
ここは自分の家だから安心してね　といっても
ボクの家ではない　と言い張る
　それでは家の中を回ってみましょう
ほら　お父さんの机と本棚　箪笥　寝室のベッド

居間にはお父さんが描いた絵を飾ってあるでしょう
　確かにボクの絵だ　誰がここに持ってきたのだろう
と不信感をつのらせ
　それなら一人で帰る　と玄関を出て行く
そっと後をつけた息子が表札を見せ連れ戻す
ゆっくり歯みがきを手伝ううちに
優しい目になり　声をかける
　お母さんお先にね　おやすみなさい
布団を掛けてあげる息子に目を閉じつつ
　サンキュー　と一言つぶやいた

# 遺　言

五月の陽光のなか
ひっそりと咲いている
クリスマスローズの一群
閉ざされた家は
ひんやりと音もない

砂漠に魅せられ
世界を旅してきた叔母の遺した
数々の絵画は

叔母の育ててきた子供たち

お　ね　が　い！

「延命治療不要
葬式は近親者のみで
花いっぱい　音楽をかけ
ごちそうを食べながら
無宗教で　お祝い気分で
死はこの世の雑用　雑念からの解放であり
神の恩寵である　と思うので
我が人生に悔いなし」と書き遺し
愛用したイーゼル　キャンバス　絵筆
茶碗やカップ　全てはそのまゝ

地上での時は止まっていた

最後に訪れた日の帰りぎわ
小さくなった背中をさすると
「同じ時代に生きられて良かった」と
叔母はそっと呟いた
冷たい手を取り「わたしも」と
肩を抱きうなずいた

「また来てね！」深々とお辞儀をしていた
大正生まれの叔母はもういない

# Ⅱ　記憶の川

# 記憶の川

裏山の小径《こみち》を下ると
川が流れていた
墓地裏の樹々の間から
雨水も流れこむ

梅雨どきの川は
霧島の山肌を崩れ落ちる
土石流に洗い流され
真夏の川は透きとおり

アカショウビンの鳴き声が
山々に木霊《こだま》していた
子供たちはお盆がくると
仏壇の供え物の残り
ナスやキュウリを持ち寄り
川原で盆釜をする
石を寄せ　かまどをつくり
裏山の小枝を拾い
煙にむせながら火を焚く

蟬しぐれが靄《もや》のように
水面を覆うころ
泳ぎはじめた水底に

コバルトブルーの山ミミズが
先祖の霊のように
ゆらめいていた

いまでは径もなく
透きとおった流れもない
アカショウビンの鳴き声
子供たちの遊び声もない

ひぐらしの鳴くころ
記憶の川の水底に
あの山ミミズが
ゆらめきはじめる

# 大樹の呟き

霧島山麓原生林
眠りを覚ました　薩摩人
原生林は切り開かれ
何百年　経っただろう
残された大樹　一位樫
わたしの樹陰は憩いの場
　雄鶏　猟犬　はしゃぎ声
茶摘み　早乙女　水車小屋
石ころ道を　馬車が行く

アカショウビンはヒョロヒョロヒョロロー
山に木霊する昼下がり
光と音に満ちていた
何時からか　はしゃぎ声も木霊も消え
わたしの下を車が走り抜ける
アカショウビンはもう来ない
梟《ふくろう》も木菟《みみずく》もいない夜のしじま
月光と闇がわたしを包む
季節は巡り　朝陽が昇る
わたしは立つ　千年の命の如く

# 湧水の里

霧島連山韓国岳　麓の村の山陰に
こんこんと湧き出ずる大出の水

川沿いの田圃の土手に
ままごとの草花を摘んだ日
スミレや赤いヤブコウジの実
ショウジョウバカマの花も咲いていた
亀は青田の畦をのんびり歩き
沢蟹は砂利の上を這っていく

透きとおった流れには
メダカやアブラメも泳いでいた

ゴトンゴトンと響く水車の音
丘山で木菟の鳴く夜更け
母と向かった水車小屋
提灯下げて落葉を踏んで
わたしの影は巨人となった
草履《ぞうり》の音は物の怪となり
闇はいっそう深かった

いつの頃からか
田圃は白い大きな道路となり

川沿いの土手は藪に覆われていった
水車小屋への小径も
亀や沢蟹の姿も消えて久しい

いまも　湧水はごうごうと
白く砕け散り流れていく
太平洋と日本海への分水嶺
湧水の里　大出水

・韓国岳（霧島連山の最高峰）
・大出水（おおいでみず：地名）

# 一本橋の小径

妹をおぶって母のもとへ
真夏の太陽が照りつける
村はずれの一本橋を渡り
草いきれの小径をのぼると
母の働く畑があった
　おかあさーん！
母は振り返り手を上げた
木陰の土手に腰を下ろし
　ピュピュー　ピュピューと

口笛を吹き　風を呼ぶ
汗のにじんだ野良着をはだけ
白い乳房のほとばしる乳
小さな指を乳房にそわせ　妹は
命の水をチュッチュッと飲んだ
額にふき出す汗もぬぐわず
泥のついた草染みの手で
そっとうぶ毛を撫でていた母
あの遠い夏の日

わたしは今も夢の中
一本橋の小径をはしる

# 明け方の夢

浴衣に裸足　気病みの母が
上がり框《かまち》に腰かけ
「その子をわたしにくださいい」と
そっと両手を差し出した
乳も出ない気病みの母に
祖母は赤子を渡さなかった
わが子を抱くこともできない母
三歳のわたしは
柱の陰からじっと見つめた

いつ母は癒えたのだろう
父は戦地に出征し
わたしは五歳になっていた
「お椀のふたに露がついていれば
　お父さんは生きているよ」と
母は毎朝　陰膳供え
みんな一緒に祈っていた

戦後　ラバウルから父が復員し
五人の弟妹も産まれた
絣《かすり》のモンペに藁草履《わらぞうり》をはき
田畑が母の仕事場だった
愚痴も言わずに　微笑みながら

畑の帰りには高手籠《たかてご》せおい
野菜をあちこち配り歩いた

四十三年前の朝早く
一人　事切れていた母
祈る姿と微笑み残し
「ならぬ堪忍　するが堪忍」
母がささやく　明け方の夢

# 雉《きじ》鳩《ばと》

戦中戦後の忍従の日日
十二人の大家族
大姑《おおしゅうとめ》　舅《しゅうと》　姑　夫を見送り
七人の子を産み育てた
雉鳩のような女《ひと》だった

あなたのつがいの雄鳥は
古巣のあなたに背を向けて
尽きせぬ孤独の癒しを求め

闇に向かって飛び立った
闇は闇を呼ぶとも知らず
光を求め飛びつづけ
力尽きて地上に堕ちた
冷たくなった雄鳥の
思い出抱きしめ涙にくれた
あなたの命も永くはなかった
四十三年前の桜舞い散る朝
あなたは再び目覚めなかった
　享年五十六歳

庭の木に雉鳩が鳴いている

# 蜩《ひぐらし》の鳴くころ

戦争中　女だけの家を守ってきた
気丈な祖母が　胃癌で死んだ

大きな固まり　胃から腸へは糸のように
細くなっていますと医師は言った
鎖骨の下の治りにくい穴
顔も体も痩せ細り
垢となった白い皮膚が
シーツの下に落ちていた

うちわで扇ぐだけの七月の病室
輸血しても輸血しても全身を震わせ
洗面器にチョコレート色の吐血をした
発作が止むと私の肩に頭をのせ
窓の外の赤いカンナの花を
虚ろな眼差しで眺めていた

ある日　学校から帰ると
仏壇の前に　お棺が置かれ
蜩の鳴く音だけがカナカナカナ……と
茅ぶき屋根に響いていた

# 遺　品

茅ぶき屋根の奥まった部屋に
木製の大きなベッドが置かれていた
酒に溺れ　盲目となり
四十二歳で他界した祖父のベッド
お手玉の手をやすめ　見上げていた
ぽつんと　壁にかかった
だれも弾かないバイオリン

本棚に残された
色あせた布張りの
「ダンテ神曲物語」
ところどころ　傍線が引かれ
何か　大切な箇所に思われた
言葉にできない何か……
いつか読もうと閉じた本
いつの間にか行方知れずとなった

長い年月を経た　冬の夜更け
風のように聞こえてくる
不揃いなバイオリンの音色

# 白い粉

どこか遠い国か　嘘のような話
石鹸もシャンプーもなかった戦中戦後
わたしの頭には虱《しらみ》がいた

山に薪をとり　小川の水を汲み
炊事　洗濯　風呂焚き　夜なべ
農作業　子育て　牛馬の世話と
すべて手作業の田舎のくらし
女の子の頭に虱がいても

誰も不思議に思わなかった
洗い髪をすき櫛ですき
猿の毛づくろいのように
祖母が日なたでとってくれた

中学生になったある日　次々と
女生徒の頭に振りかけられた白い粉
あの日から魔法のように消えた虱
何十年何百年も分解されない
あの白い粉は　農薬ＤＤＴだった
今も心の奥深く澱む戦中戦後

# 逃避

出口のない柵《しがらみ》に
少女の心は石と化し
刺草《いらくさ》の家をあとにした

昭和三十一年の春
夜汽車の窓を見つめていた
顔にぬりつく石炭かすも
長距離列車の証しだった

一部屋八人の古びた女子寮
押入れ半間　たたみ一畳
チャルメラの音は子守歌
ホームシックにはかからなかった
東京は巨大な円盤の上
夜中も地鳴りの音がした

渋谷　新宿　池袋
雑踏の中は安らぎだった
古里の山川さえも忘れ去り
どこまで行っても続く街

# 白昼夢

昭和三十年代
うす暗く　ほこり臭い新宿西口地下道
傷痍軍人　ホームレスの人々が蹲《うずくま》り
乳飲み子を抱えた母親も
ぐっすり？　地べたに眠っていた
その真ん中を足速に通り過ぎる人々
思考停止のスイッチを入れ
わたしも黙って通り過ぎていた
地下道を出ると新宿の街

車道は都電　バス　タクシーの列
歩道には地下街建設の鉄板が敷かれ
その上を人々は黙々と歩いていた
繁華街の地下は閉ざされた作業現場
出稼ぎ労働者の汗と涙と男気で
街や高速道路が急ピッチで整備され
東京オリンピックに向かっていった

あれから　六十年
わたしは白昼　夢を見る
あの乳飲み子が総理になったら
どんな世の中になるだろう

# アガペー

白髪まじりの小柄な先生
柔和な微笑みを湛え
静かな口調で話された
　教師を目指す者に大切なことは
「アガペー」です
「ラブ」ではないですよ
「アガペー」です
箸がころんでも笑う年頃の娘たち
　ひそひそ　がやがや

私語をものともせず
熱心にアガペーを説かれていた倫理の先生
　大きなコッペパンが食べたいと
お腹を空かしていたあの頃
右から左へ通り過ぎていった言葉

私の教師の道は一年で途絶え
結婚し　子供が生まれたとき
子育てに悩み　途方に暮れたとき
その折々　脳裏に浮かんだ「アガペー」
今も　心の闇を照らす灯《ともしび》

# 疑問

私は独り身の四十代
履歴書に書ききれない職歴がある
一部屋の家賃と生きるため
時給で働き残業もいとわず
ドアからドアの往復の日日
人には見えないベールをかぶり
海外旅行の社員を笑顔で見送る
上から滴り落ちるワインは
私のグラスには落ちてはこない

少子高齢化の進むなか
掲げられた一億総活躍社会
〝産め！　産め！　金の玉子〟
母をたずねる幼子の行き場もない
女性の活躍する社会とは……

明治初期　モースが
「日本の赤ん坊は世界一幸福な赤ん坊」
と感嘆したおんぶ姿《すがた》は　もう見られない
猿の親子が眩しく見える日

# あの日から

薄れゆく記憶を辿り
命の残り火　捜しながら
わたしはあの日を想い出す

西陽射す　木造二階の四畳半
共同炊事場　共同トイレ
七分歩いて銭湯に通い
りんご箱　重ねた食器棚には
進駐軍払い下げのお皿のセット

オレンジとグリーンの縁取り模様
お皿の裏にはＵＳＡの文字が光っていた
丸い卓袱台《ちゃぶだい》に向かいあったあの日
学徒動員で砲弾を作っていたという
あなたは　終戦間近の弁当を語り
わたしの下手な料理にも
　ごちそうさま！　と
両手を合わせ目を閉じた

あの日から六十年
八回の引っ越しにも捨てきれず
物置の隅に忘れていたあのお皿
あなたは　憶えているでしょうか

明日はお皿をきれいに洗い
野菜の旨煮を盛りつけましょう

# 母となった日

目に見えない生命《いのち》を創造する
何か　偉大なるものを
神と呼ぼう

吾が胎内《はら》から生まれ出た
新しき生命に涙がこぼれた
目も鼻も口も　耳も手足も
あるべきところに備わり
手足をふるわせ泣いている

初めて出会った嬰児《みどりご》に
奇《くす》しき神の業《わざ》を見た
産毛を撫でてみる
そっと頬に触れてみる
溢れ出る乳を含ませ
つぶらな瞳をじっと見つめる
すくすく育っておくれ
この愛しき授かりものよ

あの日　わたしは
神を信じて疑わなかった

# 大樹の下に

日暮れになると
とうに逝った故老がささやく
「あの　大樹と語りなさい！」
霧島連山北麓の村
この地に何百年立っているのか
だれも知らない　訊く人もない
深山高木　一位樫

むかし先祖が移り棲んだとき

高く　そこに在ったという
合戦のあった時代
明治　大正　昭和の時代も
屋敷の門《かど》に立つ樹陰の広場は
いく世代もの人々の結いや
憩いの場となってきた

子供のころ　私は
蜜柑の木に止まった　雄鶏の鳴き声で目覚めていた
雌鶏の親子は気ままに落葉をあさり
庭先で昼はのんびり日向ぼっこ
裏山にこだます猟犬の吠き声

石畳を駆け上がる農耕馬の鼻息
赤銅色《しゃくどういろ》の若者の肌に光る汗の滴

大人たちは鎌　鈎　斧も自ら研ぎ
夜なべして縄や俵も手作りしていた
子供たちは学校から帰ると
薪とり　水汲み　子守もいとわず
縄跳び　缶蹴り　隠れん坊
日の暮れるまで遊びに夢中
大樹は黙って　そこに在った

稲刈りの終わった秋の夜は
田の神さまに御神酒《おみき》をささげ

ほろ酔い気分で夜更けまで
太鼓　三味線で月下に踊る
原初のままの大人たち
そっと見ていた子供たち
大樹は黙って　そこに在った

あれから六十数年　いま大樹の下は
拡張された白い道路を車が走り抜け
樹陰の広場は夏草がおい茂る
カナカナカナと遠く消えゆく蜩の声
寄生した蔦かずらに命の水を通わせ
大空に向かい　諸手を広げ聳え立つ
大いなる大樹　一位樫

# 眠り

夜更けにひとり
白湯を飲む
まっさらな白湯が
のどをうるおし
心に刺さった小さな棘《とげ》が
ゆっくり解けていく
指さきが温かくなり
すーっと眠りに落ちていく

うっすら目をあけると
藤棚の上　いい香り
蜜蜂が花から花へ
飛びまわっている
羽音が少しずつ遠ざかり
花に埋もれたわたしは
ふかーい眠りに落ちていく

明日は目覚めないかもしれない
眠りはいつも死の淵に
ひっそり影はついてくる

# 時の狭間に

夜　眠りにつき
朝は目覚めなかった母
　またね！　と軽く別れたまゝ
ついに　その日はこなかった
夜空に星が瞬いていた

軽い寝息をたてているあなた
いつか　わたしにもくる
明日のない時

窓の外は霙《みぞれ》まじりの雨が降る

人は　互いに譲らず
己の意に沿わぬ者を敵とし
　我にこそ正義　と争いの火種を燃やす
茨に葡萄《ぶどう》は実らなかった
手を取り　抱《いだ》き合う願いは叶わず
不当に奪われた命に心が震えた

今日もどこかで　だれかが
明日という日をなくしている

# 夢の名残

人生は過ぎ去るものと
ある人は言った

一軒の空き家
うららかな昼下がり
桃　椿　水仙の花が咲いている
畑の脇の枯れ草の中
道具小屋　薪小屋　鶏小屋が
ひっそりと立っている

壊れかけたまゝに
梅　柿　橘　柚子
数々の植え込みの下には
やわらかな草花も芽立っている
蔦の絡まった垣根の躑躅《つつじ》に
蕾もちらほらついている
過ぎ去った人の夢の名残
風は若葉をかすかに揺らし
わたしの頬をかすめていった

鶯が誇らしげに鳴き始めた

# 錦鶏鳥

ある日　一人の男の人が
いままで見たこともない
尾の長い色鮮やかな鳥を
わが家にとどけてくれた
その人は鳥の名を
「キンケイチョウ」と呼び
飼い方を伝え帰っていった

夫は押入れほどの鳥小屋をつくり

大切に世話をしていたが
ある日　鳥小屋の扉が開き
鳥の姿は見えなかった
三日目の昼下がり
裏山の川に伸びた大木の枝に
鳥は静かに羽を休めていた
鳥と夫の知恵比べが四、五日続き
やっと道ばたに撒いた
餌の輪の中に入った

それから
二、三年経った雪の降る朝
あの鳥は鳥小屋の床に

硬く冷たく　落ちていた
夫は黙って桜の根方に葬った

桜舞い散る満月の夜
長い尾をひき耀きながら
月に向かって飛翔《とび》たった

もうどこにも見かけない錦鶏鳥
なぜ　わが家にやって来たのか
若冲の「雪中錦鶏図」の鳥の目が
いま　そっと語りかける
わたしが見過ごしてきた大切なもの……

# 酉年に思う

酉年を迎えても
朝を告げる鶏の鳴き声は聞こえない
紙面に躍る「鳥インフルエンザ」
「十二万羽　十七万羽の殺処分」
沈黙のうちにすべては終わる

かつて雄鶏は高らかに朝を告げ
雌鶏は雛をつれ庭先の小虫を啄《ついば》んでいた
江戸時代　誇り高き群鶏の雄姿を嶄然《ざんぜん》と

『動植綵絵』に昇華させた絵師伊藤若冲
あ、今　わたしたちの眼は
鶏の何を見ているのだろう
ケージの中にうずくまり
鳴き声もあげない鶏の眼は
わたしの口元を見つめている

山間《やまあい》の古池　倒木の枝先に
池の主のように佇《た》つアオサギ
冬枯れの岸辺に羽を休める鴨の親子
三三五五　群れは水面に揺れている

# 泉姫伝説

村はずれの　棚田の曲がり道を下り
水源地から七、八十メートル下流の
杉と雑木林に囲まれた一角に
ひっそりと建っていた馬頭観音堂

学校帰りの道草に
お堂に吊り下げられた躍動する絵馬を
飽かず眺めていた子供のころ
お堂の裏手　昼なお暗い雑木林に

泉姫のお墓があると聞いてはいたが
足を踏み入れたことは一度もなかった

上代　凡そ一九〇〇年前
景行《けいこう》天皇の御代《みよ》　熊襲《くまそ》征伐《せいばつ》行幸《ぎょうこう》の砌《みぎり》
岩瀬川の畔《ほとり》に　供を従え
天皇をもてなしたという諸県君泉姫《もろかたのきみいずみひめ》
天皇との別れを惜しみ
出《いで》の山池に身を投げ
蛇に化身したという伝説の姫君
その亡骸は出生地この大出水湧水の地に
葬られたと伝えられている

五十数年前　棚田は耕地整理され
いつの間にか伐採された雑木林と
移された馬頭観音堂跡地には
黒御影石《くろみかげいし》が堂々と立ち並び
村の明るい墓地となっている

白日の下に晒された泉姫のお墓には
平たい石一つが置かれ
だれが　手向けたのか
赤い造花がカサカサと
二月の風に揺れていた
泉姫　一九〇〇年の眠りの中……

# Ⅲ　命の旅人

# 命の旅人

生まれたときをわたしは知らない
記憶の始まりは霧の中
だれかに抱かれ　馬の間を通っていった
だれかの背中で　火事場の跡を見ていた

セピア色した少女の写真は
大人たちの秘密を知った日
翼を失くした小鳥のように
空ろな眼差しで佇っている

森をさ迷う仔山羊となった
ある日　あなたは神のように現われ
わたしを緑の草原に誘《いざな》った
青春の只中にわたしは蘇った

歳月《とし》を経て　なお絡みつく柵《しがらみ》の糸
人はみな　躓《つまず》きながら生きている
生命《いのち》をのせた遺伝子の舟
今を生きる　命の旅人
竹林をわたる風の音

# 忘却の河

忘却の河は流れていた
わたしの生まれたとき
動き始めた砂時計
止まるときはだれも知らない

日々の暮らしのなかで
ぼんやり　見過ごしていた
いつか　やってくる予感
遠く　かすかな足音

辿ってきた遥かな道も
いつの間にか夕暮れ
突然　目の前が空白となり
止まってしまった砂時計

はだかで生まれ
はだかで去っていく
わたしであった
身体《からだ》さえも置き去り

失うものは何もない
遠く広がる凪《なぎ》の海

青い地球に帰るだけ
永遠という忘却の河

# 聖なる地球

天国とはどこだろう
人の世に何が起きようと
地球は原始から
生命《いのち》と美に満ちていた

山も谷も野原も川も
砂漠や酷寒の極地も
空と海と大地の果てまで
生命と美に満ちている

太陽と月と星々の下
荒れ狂う嵐の後でさえ
自然はゆっくりと
生命と美に満ちていく

眼を閉じ耳を澄ますと
心の奥に見えてくる
暗黒の宇宙に浮かぶ
この　聖なる地球

# 草食《くさは》む生き物

創世　人に与えられし食べ物は
草と　木果《このみ》だった
永い　永い　時の流れの中で
人は　何を食べ　生きながらえ
全地に　満ちて行ったのだろう……

今　食べ物の洪水に押し流され
溺れ　惑う
目と　舌先を楽しませ

日日　胃袋に詰め込む
密かに　忍び寄る黒い影
人は　何処に辿りつくのだろう……

想い起こそう　飢え　あることを
ジャガイモだけでも　生きられる
恥じることなく　頭を垂れて
罪の意識から　解き放たれよう
草食む生き物　ホモ・サピエンス

# 私はどこに

夜空に広がる星の海
私はどこにいるのだろう
煌めく星に訊いてみる
宇宙は拡大しているという
無限に続く天体のパノラマ
地球は宇宙のミトコンドリア

細胞の中に分け入るような
宇宙に千個の島宇宙

島宇宙の一つ銀河系
銀河系の中の太陽系
地球は太陽系の一つの惑星

地球の地図を広げれば
アジアの中の小さな日本
九州　宮崎西の方
霧島北麓　山里の村
田んぼの中の一軒家
今　私はここにいる
秋の虫の合唱の中

# 旅立ち

どこまでも青く澄んだ
深い　深い　深い空
なぜか空が海に見える日
海底に住んでいるわたし

山の上の空は
決して海ではないのに
山の上の空が海に見える
なぜかわたしは魚

浜辺で拾った貝殻は
過ぎ去った命の形見
なぜこんなに色も形も
精緻な文様を残すのか

壁に飾った貝殻は
山の上の空を見上げ
潮騒の音を聴いている
わたしの魂を惹きつれ

わたしの魂は旅立つ
空なのか　海なのか
海なのか　空なのか

高く高く　深く深く

青い地球は遠ざかる
小さな小さな　宝石
暗黒と静寂が支配する
果てしなき無音の世界

どこからか月影のような
淡い光が射してきて
一条の光がわたしを誘《いざな》う
わたしはその道をめざす

光に満ちた世界へ

すべてが溶けあっていく
それは　永遠のようで
一瞬のようでもあった

# 密かに何かが

真夜中の湯船につかると
大きく響く秒針の音
森の奥に取り残されたような
この静けさは何だろう

木菟も夜鴉も鳴かない
犬の遠吠え　猫の鳴き声もしない
壁を這う蜘蛛一匹　影もない
窓の外に冷たく光る月明かり

明けない夜はないというが
母が目覚めなかった夜のように
今夜はもう明けないのかもしれない

何かが密かに忍び寄る
争いの絶えない人間をよそに
生き物たちはそっと姿を隠す
今　人の世はソドムとゴモラ
罪　重き故に滅ぼされた古昔《いにしえ》の邑《まち》
塩の柱となったロトの妻のように
その時わたしも振り返るだろうか……

# 新しき門

新しき門を叩いてみよう
自分だけが不幸だと
弱音をはきたい自分をなだめ

人生の味は
コトコト煮込んだ野菜スープ
野菜一つの旨味はうすいが
七種の野菜をザクザク切って
水から煮込んで塩コショウ

それぞれ　旨味が溶けあって
ラッキーセブンの味となる
野菜も人も押し合いへし合い
あなたもわたしも野菜の一つ
みんな寄り合い味わい深く

三人寄れば文殊の知恵
五人寄れば丸くなり
八人の輪はより丸い
叩かぬ門は数知れず
希望の扉は開かれている

# 感謝

ここにわたしを置かれた方を
ずっと探していた
小さな殻に閉じこもり
見えないあなたに気づけなかった

人類が初めて月面に降り立った日
映し出された暗黒の宇宙に浮かぶ青い地球
そこにわたしたちは　今　生きている
それは大いなるものの

深遠な叡知と業と愛の証し
太陽と月と星星の絶妙な間隔
地球は　空と海と大地の果てまで
美と謎に満ちている　多様な生命の神秘
生き物すべてに備えられた豊かな命の糧
繭や蜘蛛の糸の不思議　回遊する魚たち
渡り鳥の知恵　朝日に輝く木の葉の雫
ああ　人間は木の葉一枚創造《つく》れはしない

月光は四方《よも》を照らし
庭草が夜露にぬれるとき
今日の感謝をあなたに

# また会える日を

死が　遠くにあった日
嘆き悲しみおろおろ歩き
心を濡らし見送ってきた

この厳しい大寒の朝
友が一人亡くなった
七日目にまた一人
十日目にもまた一人
そこに　死が近づいたいま

嘆き悲しむエネルギーは
もうわたしには残っていない
死は　すべての罪を飲み込み
苦しみ悲しみも過ぎ去った
この世に拘《かかわ》ることもない

神の記念の墓から
義者も不義者も甦るとき
復活したラザロのように
また友に会える日を
わたしはそっと祈るだけ

# わたしが消える日

きのうと変わらぬ朝陽が昇る
わたしがこの世から消える日
これまで出逢ったすべての人に
　ありがとう　さようなら
最後にそっと呟くでしょう

小川の流れや　そよ吹く風に
小径で出逢った子犬や草にも

花びら一ひら　思いをのせて
　ありがとう　さようなら
音もなく散る木の葉のように

フウーッ！　と　この生気《いき》出でゆけば
天に昇らず　風にもならず
わたしは塵《ちり》に還るでしょう
生まれる前を知らないように
わたしはどこにも　もういません

きのうと変わらぬ夕陽が沈む

# わたしたちは知らない

子供たちは素直に尋ねていた
　神さまって　ほんとうにいるの？
神さまを見た人はどこにもいない

限り無い宇宙の　無数の星々
銀河系の一隅に
太陽と月と地球の基《もとい》が据えられた日を
わたしたちは知らない
どれほどの時間が流れたのだろう

水の惑星　青き地球は生命《いのち》輝き
茫漠とした海原　峨々《がが》とした山々
未開の奥地　地底海底その奥の奥
土地土地に備えられた草木や花々
地上には星の数ほどの人間が生まれ
今　わたしたちがここにいる
凡《すべ》ては　奇《くす》しき神の御業《みわざ》

子供たちは大人になって
もう　神さまのことは尋ねない
道に迷い　苦難に遭ったら
人は　思わず口にする

神さま　助けて下さい

己を高くし
人生を謳歌する人々の群れ
　神などいない　自由だ　平等だ
　人生　大いに楽しもう！

地球の資源で造られた
宇宙ロケット　惑星探査機も
神の御座《みくら》には届かない
人間の頭脳の結集　ＡＩロボットも
人間にはなれない

# 不可思議

一　十　百　千　万　億　兆　京《けい》　垓《がい》　秭《じょ》　穣《じょう》　溝《こう》　澗《かん》　正《せい》　載《さい》　極《ごく》
恒河沙《こうがしゃ》　阿僧祇《あそうぎ》　那由他《なゆた》　不可思議《ふかしぎ》　無量大数《むりょうたいすう》……
1　10　$10^{2}$　$10^{3}$　$10^{4}$　$10^{8}$　$10^{12}$　$10^{16}$　$10^{20}$　$10^{24}$　$10^{28}$　$10^{32}$　$10^{36}$　$10^{40}$　$10^{44}$　$10^{48}$　$10^{52}$　$10^{56}$　$10^{60}$　$10^{64}$　$10^{68}$　……
私の知らなかった大きな数字

宇宙は数学の文字で書かれているという
その文字を書いたものは誰か　私たちは知らない
知らないもの　見えないものは無いと
誰が言えるだろう

陶器一つ　人形一体　作った人がいる
人体は　何と奇《くす》しく造られていることか

若き日
吾が胎内《たいない》に仕組まれていた命の発露
生まれ出た嬰児に神の御業を見た
人に心を与え　成りて成らせるもの
凡てを見通す　生ける神よ！
大自然はあなたの御業に満ちています
それは　不可思議にして無量大数

# 宇宙の宝

青き地球は幾十億年
たがわぬ軌道を無言のまゝに
太陽と月と星々を友とし
世々代々　生命《いのち》を伝え
生命耀《かがよ》う　水の惑星

星の瞬きは宇宙の囁き
海の白波は地球の鼓動
人は一粒の浜の真砂《まさご》

人類は皆　一つの家族
あなたはわたし　わたしはあなた
あらゆる違い超越《のりこえ》て
七度《ななたび》七十倍　許しあい
兵器を農具に持ち替えて
砂漠を花咲く草原に
草食むライオンの憩う日まで

あゝ生命の根源なるものよ！
青き地球は誰のもの……
宇宙の宝　青き地球

# この地上に生きて

夜空に花火が上がっている
　平和だ　安全だ　と
世を挙げ謳《うた》いほうけているとき
ソドムの邑の滅びのように
硫黄山の地下マグマが大噴火し
一気に流れ出すかも知れない

初めの人から　六千余年
ピラミッドに眠るエジプトの王たち

千人の美女を侍らせたソロモン王
奴隷船にのせられたアフリカの人々
ホロコーストに追われた人々
戦いに敗れ　病に倒れた人々も
歴史の闇に消えていった

人の彫った木石や鋳物の像にはあらず
宇宙を司る見えない神に
　神はいない　と豪語し
神が人を創造《つく》ったのではない　と
天に向かって私は言えない

# 土塊《つちくれ》

若き日　耳にした
「永遠の生命《いのち》の言葉」
あの日
わたしの耳は聞いても聴こえず
目は見ても視えなかった
言葉を忘れ　闇に囚われ
いたずらに怠惰な時を過ごしてきた

年を重ね　いよいよ驚嘆する自然の妙

天地《あめつち》の見えるもの　見えぬもの
光の道　風の道　水の道
空　海　大地に動くもの　動かぬもの
凡ての生物を創造《つくり》　その食べ物を備え
人を創造たまいし大いなるものよ！
この命を深く感謝します

土より創造られし未知なる人間
善悪を知る樹《き》の果《み》を食せし男と女
その裔《すえ》の流れは悪しき欲望との戦い
なぜ楽園に狡猾《さが》しき蛇がいたのだろう
人は長い時の間に創造主を忘れ
自ら見てきたように進化を語り

自ら生まれし如く全地に君臨する

富める者は超然と高みに立ち
飽くなき野望と栄華に酔いしれ
あまたの地に這う人々を置き去りにした
なぜなぜ　と心に湧きおこる疑いの目を
わたしは振り払うことができない
塵灰《ちりはい》の中で悔い改めたヨブにほど遠く
神の御名さえ素直に呼べない
わたしの罪も天に届く

あゝ　わたしは土塊
土より出でて　土に還る

# 一寸アヤメ　紫のいろ

# 暁の山へ

いま　人の世は
ノアの洪水前夜のように
人々　娶《めと》り　嫁がせなどして
歌い　踊り　飲み食いを為し
日々　富と野望と快楽にさ迷う
地に這う人々は嘆きの淵に沈み
富める者は　バベルの塔の頂に立ち
神の如くならんと天を目指す
終わりの日の兆は盗人のように

「世は乱れ　暴虐世に満ち　その声天に届く
民は民に国は国に逆らいて起ち
各地に戦争と飢饉と疫病あらん」と
聖なる書物のラッパは響けど
人々笑い　古昔《いにしえ》の物語と心に留めず

元始《はじめ》に天地を創造《つくり》
人を創造たまいし大いなるものの
人の裔《すえ》に与えし　聖なる書物
「永遠の生命《いのち》の言葉」
若き日わたしの耳をかすめ
通り過ぎていったラッパの音
年を経て　耳を澄ますと

あのラッパの音が今も聞こえてくる
「渇く者はきたれ
望むものは価なく
生命の水を受けよ！」と

諸々の国民より出で来た人々
神の与えし約束のメシア
彼の人の血で衣を洗い
生命の水の流れる都の
狭き門に列をなす

アルファにしてオメガ

始めにして終わりなるものの元へ
その末尾にわたしもつこう

おそき目覚めのわれを鞭うち
足をひきずりよろめきながら
背に嘲笑の視線を受けても
硫黄と火に滅ぼされたソドムの邑の
ロトの妻の轍《わだち》は踏まず
天使に行く手を導かれ
暁の山へ逃がれていこう

# 火が焚けない

人は　太古の昔から
火を焚き　炎を見つめ生きてきた

獲物を焼き　歌い踊り
炎の中に悲しみを捨て
明日を夢み　愛を語り
星空の下　睦み合った

人は火を焚かなくなって

どこに悲しみを捨てるのだろう
自分の脳を置き去りにして
指一本でスマホを操り
指一本に人生を賭ける
草原の花も谷間の雪も
遠く過ぎゆく「邯鄲《かんたん》の夢」

人は火を焚けなくなった
原子炉「もんじゅ」の炎は見えない
明るさだけの闇のなか
人はどこへ向かうのだろう

# 蟻のように

生命はどこから始まったのだろう
命は命あるものから生まれてくる
数学の先生は言っていた
「極小は無限大に通ずる」と

アブラハムもモーセも見上げた
夜空に煌めく満天の星
この世の深い洞窟の穴から
わたしも一匹の蟻のように見上げる

耳を澄まし　心を澄まし　目を凝らし

現代科学が解き明かし始めた
「驚異の人体」小宇宙
形も機能も多様な全身の細胞
統合された精密なネットワーク
次世代に繋ぐ命の設計図ＤＮＡ
その偉大なる設計者は
人に永遠を想う心も授けたもう

酢漿草《かたばみ》の葉裏の蟻のように
わたしは　天を仰ぐ

# 野辺の草

霧島の山々に初日が昇る
木々の梢や木の芽にも
目覚めの時を知らせてる

人は皆　地球に集う生命の一つ
宇宙に行ける時代でも
地球に生まれ　地球に還る
世界の人口七十億人
私は欲ばっていないだろうか

私の心は野辺の草
鳥や獣や虫たちに
木々や花々草たちに
　友だちですよ　といえるよう
いつも心をしずめていたい

生き物たちに恥じないように
まとってみたい
心に白いコスチューム

# 目覚め

ひっそりと佇む少女は
遠い日の影
年を経て　尚も甦る悲しみに
宇宙からの便り

人は皆　夢を紡ぐ旅人
険しい山道や深い谷間は
あなたが目指す夢への扉
内なるものを見つめなさい

あなたは決して一人ではない
明日は白いキャンバス
あなたが描くあなたの足跡

わたしは長い迷いから覚める
凡ては　贈りものだった

新春の風にのって
微かに響く琴の音
梅の花が朝日にほころび
限りなく遠く　広い空

# 岐路

「必要以上のものを欲しがり……そうして戦争は始まる」と
ある人は言った

あの戦争の体験は遠くなり
変わってしまった今の暮らし
あらゆる物に囲まれながら
あれも欲しい　これも欲しい
もっと便利に　もっと早く
もっと良い物　もっと沢山

もっと美味しく　もっと楽しく
もっともっと　宇宙までも我先に
欲望列車に乗せられていく

世界各地の大災害は
この世に点滅する赤信号
わたしは岐路に立ち止まり
心のブレーキを強く踏む
まだ間に合うだろうか
カウントダウンが始まる前に
一条の光を見つめて……

# 希　望

神に逆らい不完全となった人間
初めの人アダムから六千余年
神の愛と　公正と　辛抱強さで
今も　私たちは生かされている

聖書は神からのプレゼント
終わりのことを始めに告げた
全人類へのメッセージ
神の独り子イエスの完全な命の贖《あがな》いで

人類を　罪と病と死から解放し
地球全体を楽園に変える　神の音信

イエスが宣べ伝えた神の王国の良い知らせは
今　世界中の全ての人々に伝えられている
「この巻物の預言の言葉を秘めておいてはなりません
定められた時が近いからです」（啓示22：10）

罪の許しを乞う小さき者が
「人はパンだけではなく
エホバの口から出る全ての言葉によって
生きなければならない」と（マタイ4：4）
聖書を小声で読んでいる

引用文献

173ページ　『聖書』新世界訳（二〇一九年印刷版）啓示22章10節／マタイ4章4節

## あとがき

一生に一冊の詩集を残したい、という願いが叶い、二年前、宮日文化情報センターより詩集『ここで暮らす』を上梓しました。

この度、文芸社のお勧めで、前詩集に十六編追加、模様替えし、詩集『残照の消えぬ間に』とタイトルを改め、再度上梓する運びとなりました。

人生の最終章。私は七十五歳から詩を書き始め、宮日文芸欄に投稿して参りました。

人として生を受け、生かされていることの歓びと哀しみ、不思議と感謝に思いを致し、遥かなる命の源流に惟《おも》いを馳せ、その思いの変遷を詩に表現して参りました。

この詩集を開かれるあなたのお心に、一篇の詩が残りましたら幸いです。

これ迄、七年余りにわたり、私の詩を掲載してくださいました宮崎日日新聞社、評文を頂きました詩人の中島めい子氏、そして、この度の詩集の基となった、前作の出版にご尽力くださいました詩人の南邦和氏、宮日文化情報センターの皆様に深く感謝申し上げます。又、『宮崎県詩の会』の会員の皆様他、お世話になりました全ての皆様に、心から御礼申し上げます。

今年二月故人となりました叔母、貴嶋ユミ（画家）の装画で、この度も表紙を飾ってもらいました。私の詩を楽しみにし、多くの方々に絵を見て頂きたいと申しておりましたので、永年の感謝のしるしと致しました。

最後になりましたが、この度の詩集発刊に当たり、ご尽力くださいました文芸社の皆様に深く感謝申し上げます。

二〇二〇年秋

福元久子

著者プロフィール

**福元 久子**（ふくもと ひさこ）

1937年　宮崎県小林市生まれ

著書：『詩集　ここで暮らす』（2018年　宮日文化情報センター）

※本書は2018年に刊行された『詩集　ここで暮らす』（宮日文化情報センター）
　に訂正および新作を加え、再編集したものです。

詩集　**残照の消えぬ間に**

2020年９月15日　初版第１刷発行

著　者　福元 久子
発行者　瓜谷 綱延
発行所　株式会社文芸社
〒160-0022 東京都新宿区新宿１－10－１
電話 03-5369-3060（代表）
03-5369-2299（販売）

印刷所　株式会社フクイン



ISBN978-4-286-21949-3